BYD JACI

Argraffiad cyntaf—2001

ISBN 1 89502 972 8 (Safonol)

ISBN 1 85902 973 6 (Llyfr Mawr)

ⓟ testun: Olive Dyer, Val Scurlock ac ACCAC
(Awdurdod Cymwysterau, Cwricwlwm ac Asesu Cymru) 2001 ©
ⓟ lluniau: Fran Evans ac ACCAC, 2001 ©

Cyhoeddir y gyfrol hon gyda chymorth ariannol ACCAC
a chydweithrediad Coleg y Drindod, Caerfyrddin.

Dymuna'r cyhoeddwyr gydnabod cymorth
Adran Olygyddol Cyngor Llyfrau Cymru.

Cynllun y clawr: Olwen Fowler

Argraffwyd yng Nghymru gan
Wasg Gomer, Llandysul, Ceredigion SA44 4QL
www.gomer.co.uk

Stori Jaci

VAL SCURLOCK • OLIVE DYER

Darluniau gan
FRAN EVANS

GOMER

Roedd Nia'n gyffro i gyd. Roedd ei ffrind Kabo'n cael ei ben-blwydd ac roedd hi am brynu anrheg iddo.

Aeth Mam, Dad, Huw, Ben y babi a Meg y ci gyda Nia i barti Kabo.

"Pa fath o anrheg ben-blwydd wyt ti am brynu i Kabo, Nia?" gofynnodd Mam.

"Mae e'n hoffi Jaci Jiráff," atebodd Nia. "Byddai wrth ei fodd yn cael tegan fel Jaci."

"Ydyn ni'n mynd ar y bws?" gofynnodd Nia wrth iddyn nhw gerdded ar hyd y stryd ger y parc.

"O nac ydyn," meddai Dad. "Rhaid i ni gadw'n heini! Fe gerddwn ni drwy'r parc."

Ble rydyn ni'n mynd nawr?

Edrychodd Nia draw at yr afon. "Gawn ni gerdded dros y bont?" gofynnodd.

"Wrth gwrs," atebodd Mam. "Dere i chwilio am yr hwyaid, Ben," meddai Dad. "Cwac, cwac, cwac!"

"Beth alli di weld, Jaci?"
sibrydodd Nia.

Waw!
Rwy'n gweld llawer
o bethau . . .

Edrychodd pawb
o'u cwmpas i bob
cyfeiriad.

"Dewch nawr, mae'n amser symud ymlaen,"
meddai Dad.

Dyma nhw'n troi i'r dde a dilyn y llwybr.

"Beth yw'r adeilad 'na sy'n sgribls i gyd?"
gofynnodd Huw.

Roedd yn rhaid i Mam gael aros wrth y
gwely blodau.

"Wel, edrychwch ar y blodau'r haul 'ma!"
meddai. "Trueni na fyddai blodau fel 'na yn ein
gardd ni."

Aeth y plant i chwarae ar yr hen wal.

"Edrychwch arna i'n sefyll ar un goes!" gwaeddodd Nia.

"Fi yw brenin y castell!" bloeddiodd Huw.

Bydd yn ofalus, Nia!

Wrth i Nia neidio oddi ar y wal, sylwodd neb ar Jaci'n syrthio allan o'r bag.

Cyn i Jaci gael
cyfle i feddwl,
cydiodd pioden
ynddo a'i godi'n
uchel uchel
i'r awyr.

15

Pan agorodd y bioden ei phig syrthiodd Jaci –
yn syth o flaen peiriant torri porfa.

"O na!" gwaeddodd y gyrrwr gan daro'r brêc
yn galed. "O ble ddaeth hwnna?"

"Dere am reid o gwmpas y parc i chwilio am dy berchennog, jiráff bach," meddai'r gyrrwr.

Roedd Nia a Huw yn cael hwyl yn chwarae
mig nes iddyn nhw weld y fan hufen iâ.
"Hufen iâ i bawb!" gwaeddodd Dad.

Yn sydyn, dyma Nia'n sylwi nad oedd Jaci
yn y bag.

"Ble mae Jaci?" gofynnodd Huw.

"O na, ble mae e?" criodd Nia. "Beth os yw e ar goll yn y parc?"

"Paid â phoeni, Nia," meddai Dad. "Fe af i a Huw yn ôl i chwilio amdano. Rydyn ni'n dditectifs da, on'd ydyn ni, Huw?"

"Ewch chi ymlaen i'r siopau. Fe gwrddwn ni
â chi ar bwys arhosfan y bws," meddai Dad.

"Syniad da," meddai Mam. "Pob lwc,
dditectifs!"

Edrychodd Dad a Huw ymhob man am Jaci.
Fe edrychon nhw o dan y fan hufen iâ . . .

rhwng y meini
mawr . . .

tu ôl i'r llwyni.

Ond welson nhw mo
Jaci yn unman.

"Beth wnawn ni nawr, Huw?" gofynnodd Dad.

"Gofyn i rywun a ydyn nhw wedi gweld Jaci," meddai Huw.

"Syniad da," meddai Dad.

"Welsoch chi jiráff bach tegan o gwmpas?" meddai Dad wrth y rhedwr.

"Wel do wir," atebodd. "Nawr ble welais i e? Ie . . . rwy'n gwybod. Glou! Rhedwch ar ôl y peiriant torri porfa 'na!"

Rhedodd Dad, Huw a Meg ar ôl y peiriant torri porfa.

"Stop! Stop!" gwaeddodd y ddau.

Dyna sbri gafodd Dad a Huw pan welson nhw Jaci yn eistedd fel brenin ar ei flaen!

"Beth wyt ti'n ei wneud yn fan'na, Jaci?" chwarddodd Dad. "Ble yn y byd wyt ti wedi bod?"

"Wnewch chi ddim credu beth ddigwyddodd," meddai'r gyrrwr.

"Diolch am ofalu am Jaci," meddai Dad.

"Rydyn ni'n dditectifs da, on'd ydyn ni, Dad?" chwarddodd Huw.

Roedd Nia'n hapus â'r anrheg a brynodd i Kabo.
"Bydd e wrth ei fodd â'r ddafad wlanog yna,
Nia," meddai Mam.

Ond roedd Nia'n edrych yn drist.

"Beth sy'n bod?" holodd Mam.

"Ydych chi'n meddwl fod Dad a Huw wedi
dod o hyd i Jaci eto, Mam?" gofynnodd Nia.

"Mam! Mam! Rwy'n gweld Jaci!" gwaeddodd Nia.

"Ble rwyt ti wedi bod?" gofynnodd, wrth afael yn dynn yn Jaci Jiráff.

"Mae honna'n stori dda iawn, Nia," chwarddodd Dad wrth i'r bws gyrraedd. "Dere neu fe fyddwn ni'n hwyr i barti Kabo."

Ie wir, stori gyffrous!

Rhoddodd Nia'r anrheg i Kabo yn syth wedi cyrraedd.

Roedd e wrth ei fodd â'r ddafad.

"Beth allwn ni ei galw hi?" holodd Kabo.

"Mae Lowri'n enw da," dywedodd Nia.

"Ydi," cytunodd Kabo. "Rwy'n hoffi Lowri."

"Mae gen i syrpreis arall i ti," meddai mam Kabo. "Mae Mam-gu wedi anfon carden yn dweud, 'Dewch i Affrica i aros gyda fi'. Mae Dad a finnau wedi cael sgwrs hir . . . ac mae'r tri ohonon ni'n mynd i Affrica!"

Dyna *ble* mae jiraffod go iawn yn byw.

"Waw! I Affrica!" meddai Kabo. "Alla i ddim aros i weld Mam-gu."

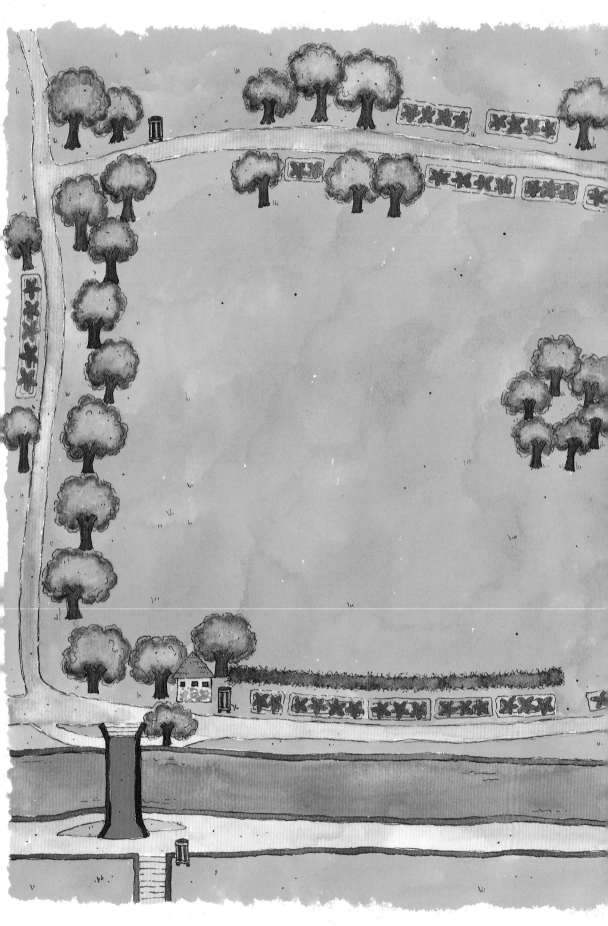